니트일기 ②

**뭐라도 하겠죠,
직장이 아니더라도**

**일러두기**

이 책의 모든 대화와 문장은 저자의 손글씨로 쓰였습니다. 구두점과 맞춤법이 맞지 않는 부분이
더러 있을 수 있습니다.

니트일기 ②

# 뭐라도 하겠죠, 직장이 아니더라도

**초판 1쇄 인쇄** 2019년 9월 9일
**초판 1쇄 발행** 2019년 9월 23일

**지은이** 김혜민
**책임편집** 조혜정
**디자인** 그별
**펴낸이** 남기성

**펴낸곳** 주식회사 자화상
**인쇄,제작** 데이타링크
**출판사등록** 신고번호 제 2016-000312호
**주소** 서울특별시 마포구 월드컵북로 400, 2층 201호
**대표전화** (070) 7555-9653
**이메일** sung0278@naver.com

ISBN 979-11-90298-08-7 04810
        979-11-90298-06-3 (SET)
ⓒ김혜민, 2019

이 도서의 국립중앙도서관 출판예정도서목록(CIP)은 서지정보유통지원시스템 홈페이지
(http://seoji.nl.go.kr)와 국가자료공동목록시스템(http://www.nl.go.kr/kolisnet)에서
이용하실 수 있습니다.(CIP제어번호: CIP2019035175)

니트일기 ②

# 뭐라도 하겠죠.
## 직장이 아니더라도

글·그림 김혜민

쿵

-4부-

# 니트일기

책을 마무리하며 · 400

인생의 첫 번째 규칙:

인생은 공평하지 않다.
그것에 익숙해져야 한다.

_빌 게이츠

- 4부 -

니트일기

#001

즐거운 나의 방
안녕

나는 자취를 이어가고 싶었다.

첫 자취였지만
자취가 너무 좋았다.

조금 혼자 있고 싶었고
감정의 기복이 없는
삶을 원했다.

크게 웃고 싶지도
울고 싶지도 않았다.

드라마나 예능도
후기와 기사를 찾아보고
내용을 안 채로 보거나
보지 않기 시작했다.

자취방에
혼자 누워 있으면
세상은 조용하고 고요했다.

나는 오래된 배터리같이
방전은 빨랐고
충전은 오래 걸렸다.

충전될 때까지 가만히 있어도
아무도 내 삶에 대해
평가하지않는
이공간과 시간이 좋았다.

엄마는 내가
퇴사하자마자
방을 내놓으셨고

싸랑하는 엄마

너가 안 하길래
내가 부동산에 연락했어
집주인한테 말해

아...

나는
자취를 이어가기 위해
알바를 알아봤다.

#002

그래도
혼자 살고 싶어

이상하게
**알바를 구하기 어려웠다.**

하..

자신감의
문제가 아니라
두려움의
문제였다.

# 디자인도

내 디자인을 싫어하면 어떡하지?

이건 뭘 시키는 걸까

내가 모르는 분야이면 어쩌지?

남자알바생을 원하는
온통 새벽시간대의 (최다 새벽..)

## 편의점들도

아가씨~
잔돈은 가져~

낮 세시 편의점에도
이런 손님이 오는데
새벽에는 일상이겠지..

자신감과 두려움의 경계 어디

# 두려움이 생기면

# 이렇게까지
# 할수 있는 게
# 없다는 것을 느꼈다.

# 카페 아르바이트를 지원하려니 이런 문제가 있었다.

카페 경력있는 아르바이트 모십니다 (주말 -오전,오후)

기타사항  업무 관련 자격증 소지(null) 우대, 유사업무 경험 우대

기타사항  업무 관련 자격증 소지(바리스타 제빵기능사) 우대, 유사업무 경험 우대, 인근거주 우대

## 용기를 가지고 지원을 하면 대부분 연락이 오지 않았고

자취를 못하게 될까봐

#003

또 한 번의
기회

초조함은
두려움을
이기게 만들었다.

그래도 무서우니까
술집은 제외

뭐라도 해야했다.

계속 자취할래...

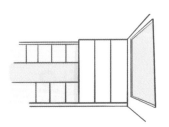

부동산 어플에서 모집하는
신기
신기 사진 촬영 알바도
면접까지 봤다.

연락 안옴.
이쯤되면 나한테 문제가 ..

거주지가 서울이라 좋다했잖아요
폰으로 찍어도 되는데 카메라 있어 좋다며..

# 단기 행사 알바를 알아봤다.

(돌잔치, 결혼식 등 각종 행사 서빙 & 설거지)

사이트 가입中

↳ 종합 사이트가 있더라

10~12시간 근무라 (휴게 포함)
힘들겠지만 단기간에 많이 벌 수 있음

'그래, 시급도 많이주고
하루이틀 씩이니까
내가 못하겠음
다음 신청 안해도 되고'

사이트에 가입하고
원하는 날짜 & 시간
& 위치 & 행사를 골라
지원한다고
담당자에게
문자를 보냈다.

딩~♪

네, 가능하세요.
0일(수)/시급 9100원/00역/
00컨벤션/08시조/07시
30분까지 00역 5번 출구로
오세요.

헐. 됐다.
되다니 드디어

# 이제는
# 오라고해도 무서움 ㅋㅋ
어느새 초초특급 쫄보

이상한 곳
아니겠지?

멀쩡한
회사겠지?

# 두근두근 하고 있는데
# 톡이 왔다.

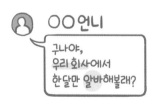

○○언니

구나야,
우리 회사에서
한달만 알바해볼래?

#004

무엇이든
어렵군

아, 제가 할 수 있는 게 있을까요?

어려운 건 아니고~
사무보조라 생각해~
엑셀이랑 한글 다룰 줄 알지?

네.. 그 정도는..
근데 회사업무를 잘 몰라도 괜찮을까요

괜찮아~
우리 프로젝트하던
직원이랑 알바가 그만둬서…

# 간단한 사무보조업무..

와라!

갑니다?

# 불안하고 모르는 곳보다
# 믿음이 생겨 하기로 함.

다니다 보니
회사분들은 친절했고
분위기는 친척 정도?
아무리 친해도 가족은 아닐테니

좋은 회사 분위기와 다르게
나는 한없이
작아져 있었다.

표를 세로 기준해야 하나
가로기준해야 할까

FAX 보낸 게
안 갔음 어떡하지

다들 바쁜데
전화 내가 받아야 하나
알바인데 괜찮을까

# 간단한 사무업무에도
# 이게 맞을까
# 저게 맞을까
# 전전긍긍

TMI
사회복지 관련

# 상담을 위해
# 방문하시는 분들은
# 어떻게 대해야 할지
# 허둥지둥

뭔가 잘해낸 것이 없다는 생각에
미안한 마음이 들어
**괜히 온 것은 아닐까**
**출근마다 고민했다.**

민폐는
아닐까..

딱히 완벽한 적도 없었으면서
**완벽하지 않은 내 모습을**
**마주하기 두려웠고**
**강박에 사로잡혔다.**

나 진짜
작아질 대로
작아졌구나

#005

돌아온
탕…아?

이렇게는 더이상
아무것도 할 수 없을 것 같았다

내가
왜 이러는지

나도
모르겠어

약속된 한 달이 지나고
일주일을 더 근무했다.

→ 프로젝트가 덩끝남

한겨울
롱패딩

# 때마침
## 내 자취방이 팔렸다.

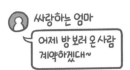

싸랑하는 엄마

어제 방 보러 온 사람
계약하겠대~

# 나는 망설이지 않고
## 집으로 돌아왔다.

아쉽긴 했지만

빨리 가자~

응..

다 그만두고 싶다.

염치없지만
아무것도 하기 힘들어.

엄마 아빠,
나를 그냥
보호해줘.
안아줘.

아무얘기 말아줘.
그냥 딸로 살고 싶어.
좀만 더 보호해줘..
좀만 더 시간을 줘..

#006

책임져야 할
나이

# 책임

## 책임이란 무엇일까

열아홉에서
스무 살이 되던 시점에
했던 고민을

스물여섯 살이 되어서
다시 한다.

퇴사하고 보니,
인생의
큰 결정 중 하나를

내가
망치고 있는 것은
아닐까.

책임져야 하는
행동들이 무섭다.

새삼스럽지만
내 인생을
책임져야 하는 사람이
나라는 것이 힘들다.

사실 막 살고싶다
누구보다
막살고싶어

이제는 점점 더
큰 책임을 져야 하는
일들만 남아 있다.

내가
어떤 결정을 내리든
그것은 나에게
큰 책임을 주겠지...

↻ 고민 반복

# 감정의 선이
## 아래로 곤두박질치자.

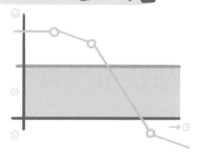

## 인간관계도 힘들고
## 봉사 다니기도 지쳤다.
#### 4년 동안 마냥 행복했었는데..

봉사라는 건,
나한테 채워져있는 힘을
남에게 나눠주는 거야

power

그래서 그것들을 통해
또다시 힘을 얻고
다음 봉사를 준비하는 거지
그게 바닥을 보이면
봉사를 하면 안돼,

그건 무리하는 거야.

너는 지금
너한테 필요한 힘도 없는데
누굴 도와줄 수 있겠니.

너나 챙겨 (박력)

이 말 덕분에
봉사를 그만두었다.

그만두겠습니다.

그리고 몇 달에 걸쳐
내가 책임지던 일들을
그만뒀다. 뭐, 봉사, 성당 활동, 디자인요청,
남 걱정 등등

마침내 ㅇㅇ이 되었다.

아, 하나 남았다.

# 내 인생

자 이제
하나라도 잘해보자

#007

하아…
보지 말걸

쉬어가기

# 위로받기 좋은 자세

# 1. 침대에 눕는다

왠지 아저씨 같은 이유는
아저씨 사진을 참고했기 때문이라 해보자

# 2. 폰을 든.

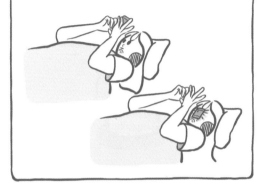

# 2. 폰을 든다

최대한 안전하고 편한자세로

# 3. SNS를 누른다

# 4. 상처를 받..

알았어
충분히 부러워..

### 침착하고
# 5. 다시 폰을 든다

그리기 힘들어서 다시 캐릭으로 그린 것 맞음

# 6. 플레이 리스트

- ▶ 우울할 때 들으면 더 우울한 노래
- ▶ 새벽 2시
- ▶ 기분 전환하기에 좋은

뽕!

<오전 2:03>
< 내 음악    우울할 때 들으면 더 우울한 노래    Q

전체 선택    편집    전체 듣기

November Rain
건스앤

니가 내린다
윤하 & 소라이즈

원
기린

소란했던 시절에
델리스파이스 feat. Acoustic

별세 운 이야기

바람, 어디에서 부는지
윈드 & 로

닫힌 마음의 편지
또모

21세기 이어로는 어디에
디어클라우드 feat. New Circuit

처음이니까
오렌지 CARAMEL

<오전 2:03>
< 내 음악    새벽2시    Q

전체 선택    편집    전체 듣기

Leavin' Tomorrow
언니네이발관

고스란히 (feat. 조원선)
집앤조이 + Rita Hollywood

젓는
정은지이어스

나를 좋아하지 않는 그대에게
백현

인턴
가리온와

남자 될 수 있을까
로맨틱펀치 N & 수성

너는 봄
노래하는 손

생각나더라
정준일

윤으로 와요
검정치마밴드

좋은 곡들이 많지만 개취니 이정도만
= 개인의 취향

**🎵 21세기 히어로는 어디에**

# 7. 혼자만의 궁상타임

**🎵 누군가의 빛나던**

21세기 히어로는 어디에 - 디어클라우드
집에 가고 싶어
오늘 하루도 너무 고단해
엄마 보고 싶어
따뜻한 내 방 침대기 뮤직 이즈 마이 라임
소우 삶 되면 깊음 잃고 있잖아
어디로 가서 뭘 해야 할지
넌 변함없이 여전히 반질터리
뭐 하나 쉽게 풀려지지가 않네
행복을 가난으로 살 수 있나요
없는 사람을 이래서야 안돼

누군가의 빛나던 - 와수 (WISUE)
힘들어요. 솔직히 털어놓
내가 뭐하고 있었는지

걷다 밤에 서서 하늘을 바라볼
같은데
별조롬
그반짝 작은 별
오늘으

#008

니트의 삶

사회가 요구하는 삶이 아닌
온전히
내가 살고 싶은 삶을
꿈꾸게 된 것은
이런 계기가 있다.

《"나는 니트족일까?" -니트족 체크리스트》

## 첫째로
# 니트족 체크리스트

- 아침에 일어나는 게 너무 힘들다 □
- 도무지 ... 밖에 나갈 생각 무서워진다 □
- 이직 ... □
- 딴 ... □
- 혼 ...
- 인터넷이 생활의 일부다 □
- 딱히 돈 들이지 않고도 놀 수 있 ... 누가 내 얘기를 정성스럽게 ..?
- 가난하게 사는 게 별 문제가 안 된다 □
- 지저분한 환경에서도 생활할 수 있다 □
- 집세를 내지 않고도 살 수 있는 곳이 있다 □
- 몸은 건강하다 □
- 요리를 잘한다 □
- 친구는 많은 편이다 □
- 집이 부자다 □
- 별 어려움 없이 이성과 교제할 수 있다 □
- 결혼이나 자식에 대해서 별 생각이 없다 □

▶ 16개 항목 중 V가 5개 이하라면 니트족에 소질이 없는 사람입니다. 열심히 회사 다닙시다.

▶ V가 6~11개인 사람은 약간 니트족의 자질이 있는 사람입니다. 한 번쯤은 아무 일도 안 하고 매일 빈둥거리는 삶에 도전해보면 어떨까.

▶ V가 12개 이상인 사람은 니트족의 자질이 충분합니다. 아니, 앞에서 열심히 벌어서 먹고 사는 데에 별 소질이 없습니다. 일을 한다고 해도 니트족에 가까운 프리랜서 같은 쪽을 잡아봅시다.

NEET
# 나는 처음 니트족이라는
# 신조어를 알게되었고

## 꿈을 꾸었다.

이렇게 사는 사람들이 있다고?   뭐야, 진짜로?

그런 삶을

나도          살고싶다

삶이 꼭
정답이 있는 것은
아니니까

그래, 맞아

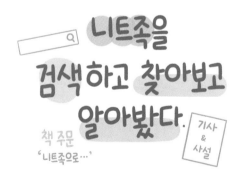

니트족을
검색하고 찾아보고
알아봤다.

기사
&
사설

책 주문
'니트족으로…'

어떻게 살까? 이게 제일 중요 잘 살고 있을까?

이들의 삶이 궁금했다.

그런데 검색할 수록

우리나라에서

니트족의 의미는

'히키코모리'와

비슷했다.

" 그거 사회적응
못 하는 사람들
말하는 거잖아 "

' 니트족은 무슨 '

" 그것도 다
돈 있는 사람들이
하는 짓이지 "

사회에 적응하지 못하고
집안에만 틀어박혀 사는
병적인 사람들.
은둔형 외톨이.

= 히키코모리 (사전적의미)

freeter freeker

# 프리터족, 프리커족, 캥거루족 등 신조어가 많지만

# 유독 니트족만 부정적인 이미지가 강했다.

사회복지학 설명도 왜 이렇게
니트족 부정적이지?

[not in education, employment or training]

안좋은 건가

일하지 않고 일할 의지도 없는 청년 무직자를 뜻하는 신조어. Not in Education, Employ                    이다. 보통 15~34세 사이의 취업인구 가운데 미혼으로 학교에 다니지 않으면서 가사일도 하지 않는 비취업(NEET)라고도 한다. 취업에 대한 의욕이 전혀 없기 때문에 일할 의지는 있지만 일자리를 구하지 못하는 실업자나 아르바이트로 생활하는 프리터 족과 다르다. 1990년대 경제상황이 나빴던 영국 등 유럽에서 처음 나타났으며 일본으로 빠르게 확산되었다. 고용환경이 악화되어 취업을 포기하는 청년실업자가 높아지면서 니트족도 증가하였고 사회불안을 유발하는 사회병리현상으로 자리 매김하고 있다. 특히 장기불황을 겪은 일본에서 경우 정부차원에서 대책을 마련하고 있는 것으로 알려졌다. 2005년 5월 22일 일본 내각부는 2002년 현재 일본의 니트족이 약 84만 7000명으로 조사되었다고 밝혔다. 니트족을 줄이기 위해 일본 정부는 고용 및 교육 전문가들로 합 의체를 구성하여 취업을 지원할 계획이다. 한국에서도 니트족이 급증하고 있는 것으로 나타났다. 2005년 5월 19일 현대경제연구 원은 <한국경제주평>을 통해 2004년 한국의 니트족 수는 약 18만 7000명이며, 2015년에는 전체 인구의 1.71%인 85만 3900명 으로 늘어날 것으로 추산하였다. 소득이 없는 니트족은 소비 능력도 부족하기 때문에 늘어날수록 경제의 잠재성장력을 떨어뜨리고 국내총생산도 감소시키는 등 경제에 나쁜 영향을 주는 동시에 실업문제를 비롯한 여러 가지 사회문제를 일으킬 가능성이 크다.

'사회불안을 유발하는
사회병리 현상 '

'경제의 잠재성장력을
떨어뜨리고…… '

' 경제에 나쁜 영향을
주는 동시에
실업문제를 비롯한
여러가지 사회문제를
일으킬 가능성이 크다 '

아니, 뭐가 이렇게
부정적이야.

이게 이렇게까지
잘못된 삶인가?

경제에 나쁜영향?
사회문제?

나는 사회에
그런 문제를 끼치는
사람이 되고 싶지 않다.

# 민폐를 끼치는 사람이 되고 싶지 않을 뿐더러

도움되지 못할 거면
피해는 주지 말아야지

# 나는 타인의 반응과 생각에 신경을 쓰는 사람이었다.

한국
일보
한국일보 @ @hankookilbo · 20?
공부도, 일도 안 하는 청년 니트족 무려 122만명
육박

"규범을 어기는 유형과 달리 은둔형은 문제가 당
잠 드러나지 않아 정책적으로 소외"

goo.gl/YYMmzeZ

추리닝입고
컵라면 먹고있는
젊은이 이미지

많이

실망한 나는
꽤 오랜 시간
그저 현재의 삶에
충실해보고자 했다.

나는 보통사람으로
평범하게 살꺼야

그만 투덜대자
경제에 나쁜영향을 주다니
그럴 수 없지

나는 그런 사람이 아니야.

니트족의 교과서?

책도 잘 안 읽으면서
무작정 구입한 책은

오랫동안
한 장 펼쳐보지 않았다.

# 제목부터 뭔가
# 드러내고 읽기 부끄러워

빈둥빈둥?

당당?

가족들이 본다면 나를 한심하다 생각할 거야..

# 주위 사람들이 안다면
# 나를 이해하지
# 않을 거라는 생각에

찾아보고 나니까
못 읽겠다, 너란 책

나란인간..

제목이 보이지 않게
숨겨놓았다.

뒤집어 놓고 쌓아놓고

그렇게 꿈꾸지 않는
삶으로 돌아왔다.

얼마 뒤 첫출근길

취직도 하고, 자취도 하고

# 시간이 갈 수록
# 숨막히고 지쳐

미친듯이 다니기 싫다

퇴근
퇴근 퇴근 퇴근
퇴근
빨리 집
홈스윗홈 퇴근
저녁

# 괜한 마음이 들어

가족이 볼까봐 자취방 가져옴

비참

## 조금만 읽어볼까

나는 한 장도
채 읽지 않고서
심장이 두근거렸다.

이것이
두 번째
계기였다.

#009

**처음 만난
나 같은 사람**

## 글을 쓰는 능력
→ ( 거창한 말솜씨, 글솜씨가 아니고 )

# 글쓴이의 필력이 주는
# 두근거림이 아니었다.

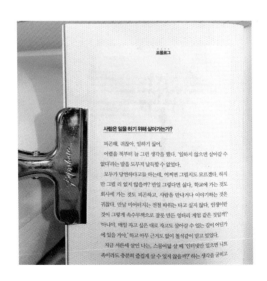

프롤로그

### 사람은 일을 하기 위해 살아가는가?

피곤해, 귀찮아, 일하기 싫어.

어렸을 적부터 늘 그런 생각을 했다. '일하지 않으면 살아갈 수 없다'라는 말을 도무지 납득할 수 없었다.

모두가 당연하다고들 하는데, 어쩌면 그럴지도 모르겠다. 하지만 그럴 리 없지 않을까? 만일 그렇다면 싫다. 학교에 가는 것도 회사에 가는 것도 피곤하고, 사람을 만나거나 이야기하는 것은 귀찮다. 만날 이어지는 건 전철 따위는 타고 싶지 않다. 인생이란 것이 그렇게 속수무책으로 잘못 만든 엉터리 게임 같은 것일까? '아니야, 매일 자고 싶은 대로 자고도 살아갈 수 있는 길이 어딘가에 있을 거야.' 하고 아무 근거도 없이 철석같이 믿고 있었다.

지금 서른세 살인 나는, 스물여덟 살 때 '인터넷만 있으면 니트족이라도 충분히 즐겁게 살 수 있지 않을까?' 하는 생각을 굳히고

75

"

피곤하다고,
일하기 싫다고 외치는
프롤로그부터 신선했다.

"

"

사람을 만나거나
이야기하는 것이
귀찮다고 말하는
저자의 당당함도
충격이었다.

"

이 책은
생각보다 덤덤한
자기고백의 글이었다.
어쩌면 일기같은.

이 사람(저자)의
삶을 읽어가면서
내가 판단할
옳고 그름은 없었

# 나는 이 책을 읽으면서 엄청난 위로를 받았다.

또 하나 자주 듣는 말이 "일하지도 않고 먹는 밥이 맛있나?", "일하고 나서 마시는 맥주는 맛있는데."라는 식의 말인데, 이것도 일 안 하고도 맛있게 밥 먹을 수 있고 맥주도 맛있게 마실 수 있다고 자신 있게 말할 수 있다. 나 자신이 일하지 않는 것에 대해 딱히 죄책감을 갖고 있지 않아서일 것이다.

사실 밥이나 맥주는 아무 일을 하지 않아도 원래 맛있는 것이다. 일을 하느냐 하지 않느냐와는 전혀 상관없다. 그런 일에 노동이나 윤리 문제를 연관 짓는 것은 밥이랑 맥주에게 실례라고 생각한다.

"아직 젊은데 일도 하지 않고 빈둥거리고 있다니 아깝다."

"뭐든 좀 하면 좋을 텐데."

이런 말도 듣지만, 스스로 느끼기에 난 이 정도밖에 할 수 없는 것 같다. 체력도 없고, 책임감도 없고, 하던 일을 금방 포기하고 싶어진다. 누구랑 이야기하는 것이 불편하고, 사람들과 같이 있으면 금방 피곤해진다. 약속도 잘 지키지 못하고, 일정이나 마감이 정해지기만 해도 고통을 느낀다. 아침에 잘 못 일어나고 밤에 잠을 제대로 못 자 매일 정해진 시간에 일어나는 것만으로도 엄존이 박해진다.

그래서 일을 하기가 늘 벅찼다. 아무리 돈이 없어도 매일 누워 뒹굴며 사는 것이 성미에 맞았고, 장래의 전망은 보이지 않지만 어쨌거나 죽지 않는 것만으로도 횡재라고 생각한다. 위, 내 인생

> 나는 늘 뭔가를 하고 있는데,
> 뭐라도 하라고 다그치는
> 말들에 지쳤을 즈음,
> 스스로 이 정도밖에
> 할 수 없는 사람이라고
> 자신을 인정하던
> 책 속 한 구절.

# 타인의 삶이 주는 위로.

나같은 생각을 하다니..

내가 나의 삶을
어떤 형태로 규정하고

억지로
끼워 맞추려 했구나.

다른 사람의
솔직한 삶 한 문장이

몇 문장의 감성 글보다
큰 위로가 되는구나.

"

저자가 겪고 느꼈던
많은 것들이
전공을 마쳐도
할 수 있는 일이 없던
나의 모습과,
버텨보라는 말이 응원이 아니라
족쇄가 되어버린 나의 모습과,
그렇게 버텼던 나날이
나에겐 경험이 아니라
구속 그 이상이 되지 못하던
모습과
오버랩되었다.

"

나는 그동안
'나와 같은 사람'을
찾고 다녔구나.

보편적인 것에서
나만
다른 생각을 하는것 같아
두려웠던
내 모습이 보였다.

# 그래서
# 그렇게 힘들었구나.

정말 나는이렇게
의욕없는 아이가 아니었는데

친구들은 어떻게
이것들을 참고 취직을 하지

무언가 힘이 생겼다.

이 힘든 곳에서
열정을
다하지 않아도
될 것 같은 힘.

니트족이라는
부류가 많아지면
그 초록창 설명처럼

사회복지학사전
니트족
(not in education, employment or training)

경제적인 문제,
사회적인 문제가
야기될 수도 있을 것이다.

나도 모르게
힘들다는 말밖에
안나와..

정말 힘들어 ..

하지만
개인인 내가
이렇게
정신적으로 힘든데

사회문제를
걱정하면서
참고 살아야 할까.

만약
이런 사람들이 늘어나
사회적으로
심각한 문제가 된다면,

사회가
그 원인과 계기를 찾아
해결하려는 노력이
있어야 하는 것 아닌가?

그냥 이런 생각들이
줄을 이었다.
핑계를 찾고싶은 것인지는 모르겠지만

살아야지 ..
일단 나부터 조금
숨을 쉬며 살아보자.

내가 니트족으로
살고 싶다 한들
언제부터~
언제까지 유지할 수
있을지도 모를뿐더러

직장생활이 아니더라도
내 몸 하나
지탱할 수 있는 삶을 찾는
과정일 뿐이라
생각하자.

언젠가는
'니트족'이라는
부류뿐만 아니라
이 모든 삶이
인정받을 수 있겠지?

내가
니트족이 정확히
어떤 의미일까
생각하고 느껴보니

단순히
'일하지 않을 거야'
'놀고 먹을 거야' 같이
꿈 같은 생각이 아니라

일에 대한
나의 솔직한 감정을
굳이 외면하지 말자
는 의미 아닐까

일하지 않고 일할 의지도 없는 사람
NEET 정의에 담긴
묘한 부정적인 의미를
바꾸고 싶다.

# 열심히 일하고 느끼는 쾌감 일에 대한 보상이라는 평범한 대가가

# 생각보다 더 힘들고 느끼기 어려워진 세상.

경쟁사회 속
흐릿한
나의 미래에 대한
막연한 기대

타인의 기준과
판단에서 벗어나

젊어서 고생은 사서도 하는거야

벌써 포기해?

나이가 아깝다

한심해

세상이 좋아지니까
별게 다..

우리 때는 꿈도 못 꿔

가까운
나의 행복을 찾아
주체적인 삶을 사는
하나의 모습

#010

지금,
여기를 기점으로

# 나는 회사를 그만두고
## 집으로 돌아왔고

집이란..

싫지만        좋다 :)

이젠 더 이상 나에대한 오해를
풀려고 노력하고 싶지 않아..
그냥 오해해라.

# 힘든 인간관계를
## 정리하며

괜히
**머리카락도**
**함께 정리하고**

이런 생각을 하며
다음 생활을 준비했다.

세상을 살아가려면
# 꼭 해야 하는
# 생산적인 활동은

과거 현재 미래
# '현재'를 위해
# 사용하자.

# 타인에게
## 해를 끼치지말자.

# 내가 힘들면
<sub>언제든</sub>
## 포기해도 된다.

나를
제발
사랑하자.

#011

아무것도
하지 않아

아무것도
안 하고 지낸 지
한 달 정도 넘기면
종종 이런 말을 듣는다.

이제 슬슬
몸이 배기지 않아?

노       이해

지겨워서
그렇게 오래
못 버틸 것 같은데~

응? 무슨 소리?

# 서로 이해 안 됨

이해해달라 안할테니

## 이해하지 맙시다.

서로.

1. 사리를 분별하여 해석함
2. 깨달아 앎.
   또는 잘 알아서 받아들임.
3. 양해 (남의 사정을 잘 헤아려
   너그러이 받아들임)

아니 근데

이제 슬슬
몸이 배기지 않아?

지겨워서
그렇게 오래
못 버틸 것 같은데~

생각할수록 기분나쁘네 ..

왠지 앞으로
**가깝게 지내지 못하겠다**

**나는 그러지 말아야지**

함부로 판단하고
평가하고
입밖으로 내뱉고

사실,
**퇴사하고**
**뭘 하고 지내냐**
**묻는다면**

뭐 해?

앞으로
뭐 할 건데?

뭐 배워?

요즘 뭐하고 지내?

이직할 거야?

여행가?

아깝다~
여행이라도 가~

어..음..

특히 어른이 묻는다면 멈칫

**할 말이 없다.**

아무것도 하지 않기
때문이다.

그런데..

딱히
무언가 해야 한다는
생각이 안 드는 것.

뭐 어때

지금 마음이
그럴 뿐이야

이것이
잘못된 행동이라
생각하지 않는 순간.

나는 그 누구보다
자유로워진
기분이 들었다.

구나, 시간 괜찮지?

구나는 시간 많을거고…

그래도 약속을
쉽게 생각하지
말아줄래?

# 아무것도 안 한다고
## 아무 때나
## 가능하지 않다구

뭐.. 때에 따라
시간이 있을 수도 ^^

나 좀 바뻐..

잘하는 일을
먼저 찾자니 어려워
좋아하는 일을
차분히 생각해본다.

뭐부터 해야하지...

내가
좋아하는게
뭐더라

# 관심 있는 것부터 하자.
## 관심 있는 것

## 내가
## 관심 있는게 뭐지?

디자인?

일하고보니
잘하는지
좋아하는지
관심은 있던건지
잘모르겠어..

아무리 **다른** **생각을** 하려고 해도 자꾸 **떠오르는 것은**

# 다이어리 꾸미기

나한테 남은 것은                    이것뿐인가

중·고등학생 때

# 행복했던 기억으로
# 돌아가고 싶어졌다.

세상살이..

그동안 이런저런

먹고
자고
싸..
돈벌고
돈쓰고

일들에 지쳐서
한 페이지
넘기기도 어렵던
내 다이어리를

# 오랜만에
# 다시 써봐야겠다.

17년에 10페이지
18년에 3페이지 쓴
**다이어리**

# 너무 막막하다.

어디서부터
시작해야 하지

난 어떻게 생각하고
꾸몄더라

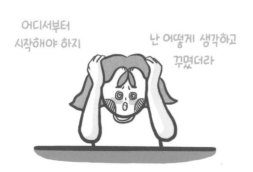

아, 그래
요즘 유행하는
스타일이 뭘까, 보자

## SNS를 켜고

#다꾸
#다이어리
#다이어리 꾸미기

화려하고
실력 있는 분들의 다꾸

너무 대단해..
다이어리 꾸미기

를 보았다. 아니 감상했다.

나는 알 수 없는
위압감을 느꼈다.

아니 이 감정이 위압감인지도
솔직히 잘 모르겠지만

이쁘네..
요즘은 이런 느낌이구나

왠지
더욱더

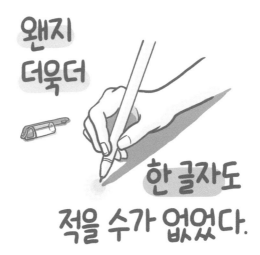

한 글자도
적을 수가 없었다.

왜 아무 생각이 안나지?
나 잘했었는데 ...

큰 고민 없이 잘했었잖아...

#012

행복했던
시간

나는 다이어리를
애써, 굳이
해야겠다는 시도를
그만하기로했다.

이때 느낀 내 감정이
뭔지 모르다가

왜 그럴까요..

최근 상담을 통해
생각해보게 되었는데

나는 어쩌면
'다꾸'를
좋아하는 것보다

행복하게 그 시간을 즐기던
내 모습을
좋아했던 것 같다.

자신감 뿜뿜

오늘 꾸민 것
넘 맘에 들어

이제와서
그 시간을 찾으려니
지금의 나는
상황이 너무나 많이
달라져 있었고

이것이
즐거움이 아니라

잘해야 하는 것
평가해야 하는 것

으로 다가와

타인과 나를 비교하고
'잘하지 못한다'
느꼈다.

좋아하는 일이라
생각한 것을
정말 '일'처럼
시작하려 하니

# 점 하나
## 찍을 수가 없었다.

잘해서
수업을
만들어 내야지

잘해서
부모님께
인정 받아야지

잘해서
이 생활을
유지해야지

# 이런 감정은
## 누가 만든걸까
## 갖고싶지 않은데..

아, 내 문제인가

손등자랑아니고
턱 괴는 POZ~

#013

부모 그늘이
최고였던 것

아무리 집에서
숨만 쉬며 지낸다고 해도

숨을 쉴 때마다
돈이 드는 것은
참으로 억울하면서 당연한 것.

눈에 보이는 것부터

의 식 주 모든 것

돈 벌 때 러그 사두길 잘했다
이 분위기 무엇.. 감성 무엇
적당히 조용해 내 세상..
무지개 감성~

아이고~
방 꼴이 이게 뭐야!
머리카락이랑 옷좀 정리해라
으흐 이건 또 뭐야
어휴.. 무슨 러그야 청소나해!
무지개는 개뿔~

쾅!

무지개 메이커 (비슷한 아이템: 향초)

# 이래서 혼자 사는구나
## 싶다가도

# 이래서
### 눈치없.. 안 보고
# 얹혀사는 구나
# 느끼는 요즘

나가 살아봐야
확실히 와닿는
부모님 울타리

< 지출내역 >
방 세 -0원
생필품 -0원
식비 -0원   엄마, 치킨 콜?
급 땡긴 야식비 -0원
:
교통비 -32,560원

# 그래 결심했어!

그래. 결심했어!

따단~ 딴 따단~ ♪

난 아무래도..
# 죽을 때까지
# 엄마랑 살아야겠어

농담 반 진심반 (51%)

빨리 돈 벌어서
집이나 나가 !!

돈 안 벌거면
그냥 결혼이나 해라~

잉? 결혼?

겨로오오온?!

그냥 하는 소리겠거니
했던 이야기가
마냥
그냥 하는 소리가
아니라고
느껴질 때

응?
아빠, 난 그런 결혼 싫어
무슨 소리야ㅋㅋ

남자가 가정을
책임져야지

누가 누굴 책임져?ㅋㅋ
나나 나를 책임지고 싶다
상상        혐오

# 나는 아빠가
## 이런 말을 할 줄 몰랐다.

### 아빠가 30년 동안 가지고 있던
### 가장의 무게도 느끼지만

## 취업 아니면
## 결혼이라니

# 초-중-고-대학-취업-결혼-출산

## 이라는 삶의 순서가
## 어떤, 정답 같은 걸까

정해진 순서 . 시기를 넘거나 지키지않으면 잘 못된

근데 일단
애인 있냐 물어보는 게
먼저 아니가요?

# #014

**뭐든 다
경험이라**

↱다이렉트 메세지

얼마 전 DM을 받고
너무 공감되는 상황에
내 얘기를 말씀드린다는게
생각보다
구구절절 적게 되었다.

적고 보니, 몇 년동안 내가
나름 이것저것 많이 시도하고
실패했다는 생각이 들었다.

내가 또 TMI를...

운전면허 / 블로그 / 액세서리

/ 인라인스케이트 /

아트워크 / 문구류 디자인

/ 플리마켓 / 기타 독학 /

피아노 / 캘리그라피

/ 패턴디자인 워크숍 …


동대문에서 재료 구입

운전면허 / 블로그 / 액세서리

판매

전용 퍼포먼스용
용돈+알바비+새뱃돈
유튜브로 독학

/ 인라인스케이트 /

아트워크 / 문구류 디자인

/ 플리마켓 / 기타 독학 /

기타 구입
용돈+알바비

동사무소에서
월 2만원

피아노 / 캘리그라피

/ 패턴디자인 워크숍

→ 한 달 수업이지만 알참

편집디자인도 배우고
자격증 시험보고 (필기까지지만)

# 나 진짜 '취업' 빼고
# 열심히 살았네!

셀프      위로

사실 이정도 시도했으면
정착하기도 해야 할 텐데

나는 지금 잘하고 있는걸까
솔직히 불안하다.

스무살 1년다닌
내가 대학에서 자퇴할 때
학원 선생님 한 분이
다니던
미술학원
나를 말리며
이런 말씀을 하셨다.

' 지금은 안 맞는 것 같고 힘들어도
시간이 지나면 다
인생에 도움이 될거야 '

그 말을 듣고도
자퇴를 선택했음에
후회는 없지만,

그 말씀이
지금의 나에게
위로가 돼요.

#015

왜 사냐고
묻거든

# 뭐하고 살지...?

# 뭐하고 사냐구

# 뭐하고 살 건데!!

# 모르겠어...
## 할 줄 아는 것도 없고
## 하고 싶은 것도 없고

# 난 왜 살까?

## 난 정말 별종인 걸까?

# 인생 살기 싫어

## 누가 좀 대신 살아줘

#016

세상이 다
그렇다고 한다

아빠가 어느 회사 임원이신
지인을 만나고 오셨다.

그분 회사 직원이
회식에 참여를 안 해서
사유를 물어보니
개인적인 사유라고 했다나.

개인적인……

그 분 말에 맞장구 쳤을
아빠를 상상하니
울화가 치민다

요즘 친구들은~

그래서 이 일을
'회사생활을 열심히하지 않는 것'
으로 판단하여
퇴사를 시킬 생각이 있다는 말

내가 도대체 무슨 말을
들었나 싶었다.

21세기에. 2018년에.

무슨 소리냐는 내 말에 아빠는
더 놀라운 말을 하셨다.

그게 무슨 소리야

회식에 참여하지 않은
모습으로 그 사람을 자를
이유가 되느냐는 나의 말에

그래서 다른 사유를 찾는다나봐

화가 나서 말이 안나옴.

??????????????

정작 아빠는 일 하실때
직원들과 15년이상
잘 근무하심.

싫은 소리 한마디 못하는 성격
돈도 빌려주고... (ucuc TMI)

아직도 그 대화가
잊혀지지 않았는데
또다시 그분을 만나고 오신
아빠가 말씀하셨다.

팀장인 한 직원이 출산으로
출산휴가와 육아휴직을
1년 가까이 사용하고
돌아왔고

> **육아휴직기간**

- 육아휴직의 기간은 1년 이내입니다.
  *자녀 1명당 1년 사용가능하므로 자녀가 2명이면 각각 1년씩 2년 사용 가능
  *근로자의 권리이므로 부모가 모두 근로자이면 한 자녀에 대하여 아빠도 1년, 엄마도 1년 사용가능

(육아휴직은 자녀당 1년 가능)
-고용보험 홈페이지 참고-

그뒤, 바로 아래 사원이
육아휴직을
길게 사용하셨다고.

저.. 휴직을..
쓰려고 하는데요

이 소식을 들은 그 임원은
'팀장이 먼저
그런 모습을 보인 것이 문제'
라며

팀장을 잘라야겠으니
부장이나
본부장 같은
윗 직급에게
'팀장이 일 잘하는지 지켜보고
못하는 것 보고하라'
라고 지시했다는
이야기

# 아빠는
'아랫사람이 못하는 것을 찾아
보고해야 하는 그 사람도 참 힘들겠다'
# 하셨지만

무서워..  두려워..

# 나는 그런 회사에
# 앉아 있는 직원이
# 나 일지도 모르는 현실에
# 두려워졌다.

말도 안 되는 그 이유로는
자르지도 못할거면서
다른 사유 찾으려는
더러운 놈들
최악이고, 끔찍하다.

는 속마음일 뿐. 내가 직원이면 어쩌지 ..

나도
사회생활을 해야 하는
성인이고

나는 어느 세월에..

내 미래 삶에
자식이 있을까
나 하나 책임지기도
이렇게 힘든데

## 결혼과 출산, 육아를 고민하는 평범한 사람인데

## 회사 상황을 미리 알고 ~~골라~~ 갈 수 있는 것도 아니고

저런 일들까지 어떻게

최소한 제외라도 할수 있었으면

1998년 아니고
2018년 이야기.

두렵다
솔직히.. 두렵다

내가 직접 경험하지
않았다고해서
그 일들이 세상에 없는
일이 아님을

사회에는 좋은 회사, 좋은 상사,
좋은 동료가 많다고 하지만

좋은 회사    좋은 상사    좋은 동료

내가 입사하게 되는
그 회사 속 사람들이 그렇지 않으리라
확신할 수 있을까?

내가 직장생활에
겁을 먹는 것이
과한 생각이 아님을

누군가 인정해줬음 좋겠다.

'너만 그런 생각을 하는 것이 아니야'

'맞아 충분히 그럴 수 있어'

'네가 맘이 약해서
그렇게 느끼는 것이 아니라
세상이 그럴 수 밖에 없어'

# 라고 말해줬음 좋겠다.

# 내가 나약하지 않음을.

아니, 아니
내가 나약한 게
잘못된 것이       아님을..

#017

2년의
유예기간

나는 부모님께
2년을 허락받았다.

식사할 때 술 한 잔의
힘을 빌려 말을 꺼냈다.

고등학생 때 미술학원을
다니고 싶다고 말씀드리거나

대학교 1학년 때 자퇴를 하고
새로운 학교에 입학하고자
꺼낸 말이나

설득하기 위해
부모님께 드린 계획서

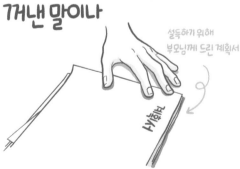

그렇게 들어간 학교를
휴학하고 싶다고
말씀드릴 때도 비슷했지만

. . .

두근
두근

그 시간과는
차원이 다르게 무책임한
마음가짐으로 말했다.

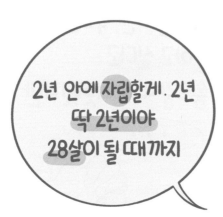

2년 안에 자립할게. 2년
딱 2년이야
28살이 될 때까지

사실 별로 하고싶은 것도 없고
별로 잘...
해내고 싶지도 않아

# 부모님은 늘 그래왔던 것처럼
## 못 이기는척 허락했고

어쩔꺼야?

자기가 말해
난 몰라~

자기 생각은
어때

# 나는 부모님께
## 2년을 허락받았다.

# #018

## 타인의
### 삶

나의 10대는
20대를 향한 어떤
막연한 상상이 가득했다.

이것도 하고          저것도 하고
새롭고
          신비할거야

스무 살만 되면
나를 향한 통제가 사라지고
온전히 나 스스로
결정할 수 있는 것들이 생기고
물론 생김

흔히 '청춘' 하면
방송을 통해 나오는
배낭여행도 자유롭게 다니고

이런저런 알바도
대외활동도

크게 교환학생이나
유학까지

조금 더 넓은 범위에서
사람도 만나고
할 수 있는 것들이
많을 것만 같았다.

내가 스무 살이 되었을 때

# 나는 여전히 어렸고

# 배낭여행을 떠날 돈도
# 용기도 가지고 있지 않았으며

그냥 여행 한 번
떠나기 위해서는
수많은 시간을 노동과 인내,

지원해주시는 부모님에 대한
죄송함으로 보내야했다.

# 많지 않은 알바 경험은
# 나를 더 작아지게 만들었고

내 실수만 기다리고 있을것 같아
시작하기 무서워..

친절함 뒤에
본 모습이 두려워
인간관계가 어려워

# 대외활동이나 교환학생은
# 더이상
# 꿈도 꾸지 않았다.

물론 돈의 문제도 있지만
나의 꿈(목표), 삶의 방향 상실과
자신감 없음도 큰 부분을 차지한다

내가 그동안 상상한 20대는
판타지라고 생각했다.

그렇게 몇 년을 보내고
내가 스물세 살이 되었을 때

요약하자면 이런 내용+사진

졸업하자마자
떠나는 여행!
쿨하게 보내주는
부모님…

미술학원 보조강사
# 알바로 가르치던
# 학생 중 한 명이
스무 살이 되자
# 혼자 유럽 여행을 떠났다

# 부러웠다.

성인(20세)이 되자마자
떠날 수 있는 용기도
보내주시는 가정환경도

# 판타지인 줄만 알았던 것이
# 저 아이에겐
# 삶이구나

나도 혼자 유럽여행
가보고 싶었는데
그럼 알바를 몇년을 해야..
취업도 해야할텐데.

# 판타지가 아니구나

### 누군가에겐.

이렇게          삶이 다르구나

뭐, 부러워만 한다고
내 삶이 달라질 건 없었다.
그친구는 그친구고

가진 것 →      ← 이룬 것

나에겐
내 환경이 있고
내 삶이 있었다.

솔직히
〈기준은 내 생각〉
그동안 학교생활을
열심히 하지 않았고
꿈도 미래도 없었다.

내가 생각한 것보다 버겁고
이해되지 않는 일들이
많았다.

그냥 휴강을 해주세요
화상채팅 강의 뭣

8개 수업 중에
7개가 팀플이면
숨은 언제 쉬나요..

교수님 회사에서 인턴인데
돈은 없다구요?

사과 컵 없는데
그 프로그램 좀 쓰지마

# 그냥
## 오늘만 별일 없이
## 살고 싶었다.

# 자존감도 너무 없었

난 왜 이렇게 생겼을까  키도 작고 살도 찌고
뭘 하든 의욕도 안생기고  잘하는지도 모르겠고
이 나이 먹고  할 줄 아는 것도 없고  자신도 없고
인생 불만 가득  왜 이렇게 생겼을까  겁도 많고
내 스스로가 하나도 ○○○○○○ 좋아 나는. 게을러ㅠㅠ

지금 당장 내가
무얼 할지도 모르는데
판타지 같은 삶을
꿈꿀 수 없다고 생각했다.

'시간은 10대엔 10km
20대엔 20km로 흐른다'
는 말처럼

안녕~
바빠서
20000~

# 정신을 차리고 보니
# 내 나이가
# 스물다섯 살이었고

오EC, 이 사진이 벌써 5년 전이야?

# 주위 친구들은 하나 둘 취업을 선택했다.

그 옆동 아줌마 딸~
이번에 취직했대

그 디자인 학원이
취업까지 잘 시켜준대~
엄마가 이름 받아왔어

취업했어!

내가 살게~

SNS 인증샷

#019

평범의
기준

# 내가
## 삶의 어떤 선택을 할때

대학, 회사, 취미 등

나에겐
이게
최선이야..

이런걸
해보고싶어..

# 부모님은 늘 말씀하셨다.

'좀 평범할 수 없느냐'고

남들처럼
평범하게 자라
평범하게 학교 다니고

# 평범하게
## 회사에 들어가

# 평범한
## 가정을 꾸리라고

나는 대답했다.

평범의 기준이 뭐냐고

누가 정한 평범이고
내가 뭘 그렇게
평범하지 않은 거냐고

#020

결국 나는
뭐가 되고 싶은
걸까?

# 어느새
## 나를 바라보면

이런 바라봄은 아니지만

## 나 개인의,
## 개인을 위한 시간이 아니라

사회적 시간에 맞춰
힘겹게 끌려가는
나의 모습이 보였다

일정한 시기가 되면
대학에 가야 하고

# 어느 나이가 되면
## 졸업을 해야 하고

# 안정된 직장에
## 취업을 해야 하고

결혼도 해야 하고
애도 낳아야 하는

그 시간

아직도
많은 사람이
자연스레
스스로 그렇게 되길 바라고

# 타인이
## 당연히 여기는

# 그런 삶

돈을 벌어야 사회가
나를 어떤 형태로
규정해줄 것만 같은
시기가 있었다.

그래서
회사에 들어갔다.

# '다시는 오지 않을 20대'라는
# 말을 많이 들으며 컸는데

# 왜 나의 20대는
# '되고 싶은 것이 없는 나'
# 에 대한 자존감의 상실과

# 쫓기듯 들어간 직장에 대한 미운 마음과

하루만 버티자 구나야
오늘만 버티면 주말이야

대표님이 주마다 조회를
8시에 하다니

시원하게
정시 퇴근 해봤으면

저 선배
눈치 좀 안줬으면..

캐주얼 복장
입고싶다.

내 삶에
충고 좀 안했으면

이루지못한, 꿈 꾸지않은
# 꿈들에 대한 미련.
## 해보지 못한 것들에 대한
## 아쉬움이 가득할까

**사실**

## 돈이 중요하다는 것은
## 알고있지만

돈돈돈!
돈이 없으면 아무것도 할수가 없어서
잠도 못자 밥도 못어 여행도 못가고
엄마랑 싸우고 ... 진짜 너무 짜증나고 싫어 ... 친구도 못사
친애, 과애 너무 ... 롤도 못하고
폰도 못써 ... 너무 답답해
우울하다 ...

## 나는 내 20대가
## 이렇게 흘러간다는게
## 너무 슬펐다.

왠지! 이렇게 그려야 될것 같음

그리고 생각했다
나의 시간은?

# 결국 나는
## 뭐가 되고 싶은 걸까?

#21

시간은 흐른다.
부지런히

퇴사 후 집으로 돌아온 나는
# 무언가 할 생각도
# 의지도 없었다.
. . .

일상은 대부분
누워서
# 폰을 보는 생활이었다.

# SNS를 보면서
# 많은 위로 글을 읽었는데

나도 아프다..☆™

@nn 위로글
#공감 #위로 #청춘 #대학생
#허슬 #직장 #20대 #일상 ···

\* 실제로 이런 내용은 아니었습니다 \*

## 그것도 잠시뿐.

친구가 옆에서
'괜찮아, 잘될거야'라고
말해주는 것처럼 느껴졌다.

그때는 위로되고 고맙지만

걱정마

역시 나는 좋은 사람들이 많아
너무 다행이고 고맙다..

잘될거야

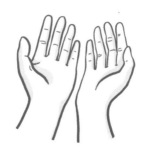

뒤돌면 똑같은 현실에
한숨이 나왔다.

어떤 글들은
댓글까지 읽었는데

베댓 읽다 상처 받기

행동하지 않는 사람들을
한심하다고 하거나
20대는 죽어라
열심히 살아야하며

그렇지 않은 사람들을
게으르다 이야기했다.

익명A | 저건 그냥 게으른 거 아님?
　　　 ↳ ㅇㅇ 게으른듯 (익명1)
익명B | 저 정도면 양반이지, 우리 집은~
익명C | 고생을 안 해봤네
익명D | 인생 어렵게 안 살아봐서 그럼.
　　　 ↳ 20. 더 힘들게 사는사람 많음ㅋ (익명2)
익명F | 징징대네

# 또,
# 취업 준비하거나
# 취업한 친구들
창업한 사람도 있음..

와 얘도
열심히 살았나 보네

부러움 많을
감출 수 없는
사진들

# 열심히 번 돈으로
# 여행을 떠나는 사람들의
# 사진을 보았다.

그래, 흔히들 말하는
보통.
평범한 사람들.

나도 그 속에
묻혀가고 싶었다.

# 그런데 이상하게
# 그게 어려웠다.

# 100까지 행동해야
# 흔히 '최선'이라고 말한다면

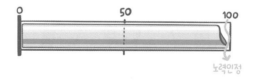

노력인정

# 나는 6-70정도에서 힘에 부쳤다.

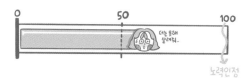

나도 **노력**을
다하고 있는데...
최선을 다 한건데...

# 내 노력은
## 인정받지 못했다.

내가 노력이 부족한 걸까
기준이 높은건 아닐까

너는 노력이 부족해...

나만
다른 생각을 하는 건가,
엇나가는 느낌이 들었다.

#022

적어도 나는 알지,
그 고민의 시간을

늘 타인의 기준에
나를 맞추었다.

알 수 없는 기준

기준이란 건
보이지 않는 건데
왜 이렇게
선명하게 다가오는지..

# 나라도 내 노력을
# 인정해주었어야 했지만

너 충분히 노력했어

고생했어
나 자신

# 오히려 내가 나에게
# 더 채찍질했고

겨우 이 정도야?
언제까지
이럴거야

점점 더 쉽게 지쳤다.

우리는 이따금 타인에게
'노력이 부족해'라는
말을 듣는다.

사실, 그 말에는
어폐가 있지 않나
라고 생각했다.

당신이
노력을 탓하는 내가

그동안 삶을 위해
얼마나
치열하게 경쟁하고

스스로를
'한심하다' 비난하며

이딴 실력으로        대학은 갈수 있을까

난 이정도 일까
더 할수 있을까
아니 너무 지친다
난 게으른 인간일까

다그쳐서
여기까지 왔는지

당신은 모른다.

# 본인의 노력은
# 본인이 가장 잘 알고 있다.

주마등-...

# 때론 그래서 더
# 남에게 관대하고
# 나에게 엄격하다.

나도 지금 내 삶에 대한
확신이 없어,

내가 게으르고
잘못된 사람인걸까
두려운 마음이 든다.

역시 내가
더 열심히 살아야 하는데

어느 지점에서
그런 마음이 들지 않고
포기하고 싶은 것이
이상한 걸까.

친구의 위로에도
결국 위로받지 못한
내가
못된 사람인가.

나만 그런걸까.

#023

하고 싶은 것

갑자기 이상한
용기가 생길 때가 있다.

방을 둘러보다가
이것저것
가구 위치를 옮기는
상상을 한다거나

갑자기 막
청소를 하고 싶은
생각이 들고

창밖을 보다가 날씨가 좋아
한 바퀴 뛰고 올까 한다거나

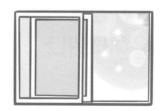

인터넷으로
'맛있는 요리 만드는 법'보면
나도 할 수 있을 것 같을 때

난 이미 요리사!

그때..
해야한다.

그때 하지 않으면...

이렇게 하루가 지난 ..

내일 해야지 하는 순간
끝나는

언제 다시 올지 모를 용기

불현듯
그 용기가 생겼다.

온전한 내 이야기로
공감받고 싶은
마음이 들었다.

# 내이야기를
## 들어줄 사람이 있을까.

'그래,
세상에
사람이 얼마나 많은데
나 같은 생각을 하는 사람이
한 명은 있을 거야'

# 사실 디자인 전공치고
# 그림을 못그리고

### 뭐, 다 이런것 아니겠습니까 -

뭐, 그냥
비전공자 보다

포토샵
아는정도..?

미안하다 -

그림부탁 하지마.....
나, 그림못그려

# 학생 때부터
# 미술학원 다닌다고하면
# 몰려오는 그림 부탁을
# 늘 도망다녔는데

가까운 사람들에게도
말하지 않은
내 이야기를 쓰려니
떨리기도 하고

어디부터
시작할지
막막하기도 하고

부끄럽고
창피하기도하고
복잡했다.

부모님은 물론
친구에게도
말할 수 없었다.

· · ·

직장은
다니고 싶지 않으며
딱히
하고 싶은 것이 없다는
말을 드러내자니
부끄러웠다.

#024

불안해.
하지만…

나에게
큰 도전이었다.

생각해보니
나는 언젠가부터
늘 시작이 무서웠고

# 시작하기에 앞서
## 실패만 생각했다.

난 못할거야
망할거야

실패하면
그때 난
어쩌지?

# 이런 불안함은
# 일상생활도
# 힘들어지게 했는데

예를 들어
우정과 사랑에도
마찬가지였다.

만남을 시작해놓고
늘 상대가 친구, 애인 등
가까워지는 모든 관계
날 싫어하면 어쩌지

불안해

불안해

# 내가 애정을 다한 만큼
# 내가 받을 상처가 두려워

친구 이상으로
좋아했는데..

내 자신보다
사랑했는데..

# 헤어지는 게 무서워
# 모든 관계를 멀리했다.

마·상

Heart Break

모든게 무너지고 나서야
무언가 잘못됨을 느끼고

후회했다.

그런데 돌아보니
난 늘 겁을 먹지만
뭔가 하고 있긴 했다.

그게 항상 보이는 결과를
가져오지 않을 뿐이지

여기서 또 생각한 것을
해보지도 않을 수는 없다.

'그래, 뭐라도하자'
라는 생각이 들었다.

터무니없는 것일지라도
해보고 후회하자.

생각해보니
잘 그리는 애들이
한정적인 거지
그림 못 그리는 애들이
더 많았어
(자체 위로)

내용을
잘 전달하면 되지!
- 이것이 합리화다! -

잡지 정기구독하고 받아

# 방치해둔
# 태블릿이 생각나서

몇 년만에

# 처음으로 연결하고
# 펜을 들었다.

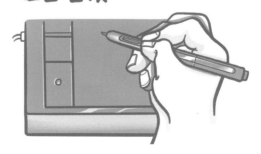

며칠에 걸쳐
고민하고 고민했다.

그리면서도 수백 번

# 올리기 전에도 수천 번

어떡해~~

# 때때로 나스스로가
# 부끄럽고
# 바보같이 느껴졌지만

나 지금          뭐하냐..

# 올리고 보니
# 어딘가 모르게

올려따!!

속이 풀렸다..

어제는 과거고
내일은 미래다.
오늘은 선물이다.
오늘을 present라고
부르는 이유다.


-빌 킨

# 5부

# 그래서 이제는
# 어떻게 살지?

#025

오늘도 할 수 있는게
…없나?

# 내가
## 성인의 자유로움을 즐기던
## 20대 초반,

아싸~    눈누난나~

## 아빠는 나에게
## 이런 말씀을 하셨다.

'구나는 아직 주변에
위험한 사람을 못 만나봐서
세상 무서운 줄 몰라'

나는 그때 그 말에
어느 정도 동의했다.

ㅁㅈ   ㅁㅈ

학교 아니면 성당활동밖에
안 하던 나는
위험한 사람을 못 만나봤고

딱히

세상이 좀 만만했다.

'이 정도면 살 만한데?'

계속 이렇게만 지내면 되겠네~

그런데 웃기게도
몇년지나지않아
깨달은 것은

성당에도
학교에도
사회에도

위험한 사람이
있다는 것.

없으면 내가 이상한 사람이므 ....

따뜻하고 안전한 사람이
함께하는 공간을
어떻게든 찾아야 할까.

아니면 그런 희망찬 곳은
존재하지 않으니
내가 더
단단해져야 할까.

사회는 원래 이렇게
두렵고 무서운 걸까.

세상은 동그랗지 않고
네모나서
어딜 가도 모난 것들에
부딪히는 걸까.

PS. '네모의 꿈'이라는 노래를 아시나요

나는 왜이렇게
약한 존재일까.

모난 것들은 닿지않고
나만 닳아
사라지는 것 같은 마음.

어제는
무엇이든
할수 있을것 같다가

오늘은
할수있는 게
하나도 없는 것 같은마음.

오늘도 고민

#026

눈치 주는
사람은 없지만

# 집에 있으면
# 부모님이 하는 말들이
# 콕콕 박힌다.

물도 내 맘대로
못 마시나...

어~ 백수!
물 마셔?

# 우리 아빠 같은 경우는

'아빠 용돈 언제 줄 거야?'

'돈 언제 벌 거야'

'그래서 뭐할 건지 생각해봤니'

'디자인 회사라도 알아봐'

'주위를 봐라,
집에서 노는 사람은
너밖에 없어'

나도 알고있다구...

나는 집에 있어도
딱히 '논다'고
생각해본 적이 없는데

마음이 불안해서
쉬어도 쉬는 것 같지 않았구
나름 그림도 그렸구...

그 말들이
너무 나를 옥죄와서
집을 나간다.

이노무 집구석!

ㅋㅋ나가면 돈만 쓰지

죄다 맞는 말이라 더 화남 ㅋㅋ

나가도 돈이 드니까
멀리 못가고 근처 카페

# 그마저도 저렴한 음료로
# 한 잔 주문해 앉아 있으면

아메리카노
시킬걸

오래 있고 싶어서
양심 상
조금 더 비싼 라떼 주문

↳ 정작 알바는 알바아닌부분 ㅇㅈ?

# 보이는 다양한 사람들

# 한참을 바라보다 흠칫.

딱히 눈치주는 직원도 없지만
시간이 지나면 나온다.

이렇게 벌써
집에 들어가긴 싫은데..

나를 좀 안찾았으면 좋겠어..

그래도 요즘은
그림일기 올리면서
'할일'이 생긴 느낌

스스로가 이전보다
한층 생기가 도는
느낌이 들어서
매일매일 그렸다.

나에 대해
알지 못하는 사람들이
하는 말들에
상처 받을 때는

이내
포기가 몸에 밴 사람처럼
포기하고 싶었지만

생각해보니,
하고 싶은 일이 없을 수도 있고

# 좀 고민하며 지낼 수도 있고

그게 '조금'이 아닌 것 같아서 살짝? 찝찝해지지만

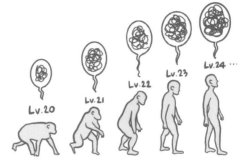

Lv.20
Lv.21
Lv.22
Lv.23
Lv.24 …

# 삶이 무기력해질 수도 있는데

# 모든 순간 위축되는
## 나를 보고 있자니

# 문득... 내가
## 자존감이 없는 게 아닌가

맞다, 내가 나를
너무 사랑하지 않아서
모든 상황에
나를 그렇게 미워했나 보다.

이 작업을
계속 해보기로 했다.

에라 모르겠다!

# 나 자신을
## 사랑할 수 있지 않을까.

## 나를 이해하면

나에게 이런 면이 있다니

내가 이런걸 힘들어 하고 이런걸 좋아했구나

마음 놓고 타인도
사랑할 수 있지 않을까.

내가 위로받은
그 니트족 책처럼

그저 개인인 내 생각이
누군가 위로하고

나 자신도
위로할 수 있지 않을까.

또..
이런 나를 부모님도
이해해주지 않을까?

# #027

## 이런 게 바로
## 뿌듯함

회사에서 남겨온 돈 따위
애초에 없었다.

내가
직장 경험으로 얻은 것은
돈에 대한
씀씀이와 눈높이

# 잃은 것도 계획 없는 퇴사의 문제점
## 바로 씀씀이와 눈높이

잠깐만, 그때로 돌아가서
내 뒷통수 한 대만 때리고 올게

→ 설명러 : 도라에몽
시간 여행 책상

# 이 전 같으면
## 보지도 않았을
# 물건을
# 구매하게
# 된다거나

오늘만 특가
50% 할인!!!
지금 사러가기

# 더 비싼게
## 좋은 물건이라도 되는양
## 가격으로 물건을 평가하고

에라 모르겠다, 비싼게 이유가 있겠지

직장다니던 25세 누구나 (돈 벌던 언니)

# 평소 같으면
## 장바구니에서
## 오랜 시간 토너먼트로

🛒 장바구니

이걸로 하나 구입!

고민 끝에
구매했을 상품을
큰 고민없이 구매하던
직장인 누구나

이제와서 생각하면
그 사람은 내가 아닌 것 같다.

왜 저래...

부모님께
2년을 허락받았고
여차저차 하니
6개월쯤 흘렀는데

대학생 때보다
적어진 용돈으로
여기까지는 어떻게 버텼다.

＊살은 전혀
빠지지 않음

# 하지만 이제 더는
# 버티기 힘들어...

내가 왕거지임을
알리지ㅁ.. 알려라~

# 쓸쓸이가
# 무섭게 커졌다

제일 먼저
인간관계가 단절됐다.

누군가를 만날 수는 있지만
자주 보기는 힘들고
얻어먹는 것도 한두 번이다.

이번엔 내가 사야지!

인간관계라는 것은
많은 노력이 필요하다
물론 돈이 전부는 아니지만

만남이란 대부분
집 밖에서 이루어지며

우리 영화볼래?

오ㅋㅋ 그래~

영화보고 밥먹자

응, 맛집이나 찾아볼게ㅋㅋ

오케이

# 집은 나가면 개고생..
## 아니, 돈이다.

IN 우리집

OUT 우리집

# 가까운 관계들은
# 이해하고 배려하고
# 소통하지만

가깝지 않은 관계는
애매한 관계가 아니라
그냥 '먼' 관계가
되는 듯하다.

사람들을 안 만나니
꾸밈에 대한 욕심도 줄었다

화장은
원래도 즐기지 않아서
있는 것들만 쓰고,

돈이 없으면 밥을 먼저
포기하는 사람이라
몰랐는데

텅  텅

나는 내가
옷에 미련이 없어질거라
생각 해본 적이 없었다.

특히 특이한, 남들이 잘 가지고 있지 않을 것 같은 아이템들을 좋아했다.

그래서 더 포기하지 못할거라 생각했다

양말, 가방, 카드지갑, 모자 등

돈이란 이런 것이구나를 26년 만에 실감했다.

헛되다 헛되도다

# 회사에 다닌 6개월이 나를 많이 여유있게 만들었다.

스트레스 받으니까
빨리 돈 쓸꺼야

그래 과거의 나야
덕분에 깨닫는다..

직장인
누구나

현재

# 내가 변했다.

#028

나는 진짜
니트일까?

# 나는 아직 '니트족이다!' 라고 당당히 말하기 어렵다 생각했는데

괜히
니트를 넣은 것
아닐까

근데 NEET가
나와 제일
맞는 표현인걸

# 그 이유는 아직 스스로 자립하지 않고 부모님께 지원을 받고 있기 때문이었다.

지긋
지긋~

어머님
이번달 용돈이
안들어왔네요~
약속과 다르지 않습니까
*그나는 2년간
지원을 약속 받았습니다

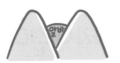

하..뭐라도 시작하거나
제대로 휴식하고 싶어도
돈이 당연히 필요하니까..

먼산..

또, 언제든
하고 싶은 게 생기면
알바라도 찾아서
돈을 모을 마음이 있기 때문에

굳이 이름 붙이자면

니트족과 프리터족의
어떤 경계의 부류가
아닐까 생각했다.

굳이 이것저것 정하는게
무의미하다고 생각하지만

정하자면
프리터 같은 니트족?!

니트일기를 그리면서
관련 책들을 찾아보며
공부했는데

역시 괜히
니트를 넣었나

내가 혹시라도 잘못된 정보를
전달하면 안되는데..

한 책에서는
우리나라의 니트족을
'구직 니트족'과
'비구직 니트족'으로
나누어 표현했다.

또 관점에 따라
유예형 니트, 회피형 니트
라고도 말했다.

오! 니트 앞에
다양한 형태가
붙을 수 있구나

맞아,
사람을 어떻게
하나로 정의하겠어

어느 것을 기준으로 정하느냐,
어느 방향에서
바라보느냐에 따라
다양하게 표현되는 니트

결국 우리는
개개인이 다르기에
어떤 명칭으로 정확히
구분 짓기 어렵다는 것 아닐까

나다움을
말하는 사람에게

'정확히 정의해봐'

'그건 너라고 할수없어'

'객관적으로 별로야'



O형이 무슨 그래
에이 넌 소심한게 A형이네

남자가 무슨.

여자가 무슨.

명확한 답을
못 찾는 사람에게는
'그걸 왜 못찾아?
이렇게 다양한
방향이 있는데?'라고

니트족이라고 말하는 사람에겐
'너가 무슨 니트족이야'
라고 말하며

'명확한 니트'다움을
강요하고 있었지 않았나

'정확히 정의해봐'

나 자신을 정의할 수 있는 사람이 있을까

'그건 너라고 할수 없어'

내가 말하고 있잖아..

'객관적으로 별로야'

그게 어떻게 객관적이지
니 생각일 뿐인데?

'이런 나도 니트족이야.'

'나는 니트한 사람이야'

이런 불명확한 나도
인정해주지 않을래?

#029

존재하지
않는 사람들

우리나라의 니트족은
일본의 니트족과
다른 성향으로 존재하는데

'니트족'이라는 게
사회적 이슈로 먼저 알려진 일본

히키코모리처럼
점점 활동하지않고
방 안으로 들어가는
일본의 니트족과 달리

고립형

우리나라의 청년 니트족은
경제, 사회문화적인 상황으로
주변 반응에 눈치보며

억지로라도
더 일을 하려고 노력하고

더 활동적인 척 한다고
설명했다.

뭐라도
해야겠지?
자격증이라도,

영어공부라도
알아봐야겠지?

그러다보니
본인이 견딜수 있는
한계에 도달하면

누구보다
쉽게 무너질 수 있다고.

그래서 우리나라의 니트족은
'어디에나 있지만,
어디에도
존재하지 않는' 사람들로

'취준생'또는
'예비 취준생'으로
수많은 관계에 속해
드러나지 않는 경우가
많았다고 한다.

그렇다면 니트는
노력하지 않는 사람일까?

# 나는 내 삶을 위해
# 고민하지 않은 날이 없지만

무기력할 때도
이래도 되나 싶었다구..

# 지금 그것이 직장과 취업을
# 향하지 않았을 뿐이다.

다른 일을 해보고 싶기도 해

직업이 없는 사람은
존중할 필요가 없을까?

직업이 없는 사람은
한심한 걸까?

만약 당신이
그렇게 생각한다면
한마디 하고 싶다.

'당신은 뭐가 그렇게 잘나서
사람을 이렇게 무시하죠?'

여기서 '직업이 없는'은
사람의 다양한 모습중
하나일 뿐.

생명이있는
모든 존재는 누구나
존중하고 존중받아야 한다.
학교에서 도덕을 배웠다면.
( 윤리까지 갈 필요도 없음 )

내가 취업과 직장을 위한 노력을
하지 않는다고 해서
존중받지 못하는 한심한 사람이
아니라고 생각한다.


내가 이런 니트의 생각을
말한다고 해서

타인이 나를
비난할 권리가 있을까.

본인은 한톨의 인생도
허투루 쓰지 않고
열심히만 살았다
단언할수 있을까.

그렇게 고민이 없는 삶인 걸까.

그럼.. 부럽고~

#030

고민의 날

# 나를 알아가려고 노력하며
# 질문을 던져봤다.

난 뭘 좋아할까　　　　　뭘 하고 싶을까

# 나는 그저 '직장'을
# 다니기 싫은 걸까?

일을 하기 싫은, 내 삶에 무책임한 걸까

아니, 직장 앞에
'불편한 말을 많이 하는'
이 붙는다거나

'타의에 의한 야근이 많은'
이 붙거나

# '정시퇴근 눈지주는' 또는 '퇴근 후 삶에 간섭하는' 이 붙는 직장이 싫은 걸까

벌써 퇴근해?
왜, 애인 만나려가?

운동배워? 뭐, 요가?
요즘은 필라테스가 인기라더라
필라테스 해봐~

맞다.

나는 그저
'직장'을 다니기 싫은
사람이 아니었다.

다행이야!

내가
겁쟁이란걸
알다니!!

그 틀에 갇혀
내 의견을 똑바로
제시하기 힘든 압박감이
몸서리치게 싫다.

대학을 나와
취업에 필요한 경력과
각종 자격증을 준비하고

1차, 2차에 3차
압박 면접까지 넘고
들어간 직장이

정신적으로
견디기 힘든 곳이라는 게
두렵다.

두려움은
이겨내는 게 아니라
마주해야 하기에
더 두렵다.

# 경험자들은 이렇게들 말하지.

'괜찮은 회사가 더 많아 걱정하지마'

# 두려운 사람은 이렇게 말한다.

'괜찮은 회사를 어떻게 알고 찾아가지
복권당첨도 아니고'

# 내가 니트족이 되고 싶은 것은

적당히 벌고 잘살고 싶은데
그 기준이 돈이 아니라 내가 되고싶어

# 직장 또는 취업으로인한,
# 내가 견디기 버거운
# 스트레스에서 벗어나

# 그냥 나 자체로 '잘 살고 있다'고 칭찬해주고 싶어서 일지도 모른다.

매우 칭찬에 목마르다..

# 먹고사는 방법은 많다고 말하면서

일자리가 왜 없어

저기 공장만 가도 텅텅 비었어 요즘!

꼭 회사를 다녀야
'평범한 삶'이라고 말하는
그 모순같은 말들이 부담스럽다.

그래도 일은 책상 앞에 앉아서~
출퇴근 딱-딱! 응? 월급 딱-딱

왜 명문대-대기업을
들어간 동창은
지금 결혼을 하며

걔 기억나?
결혼한대                              오벌써?

# 왜 그친구는
# 엄마친구 딸일까...

라고 엄마가 알려주더라...
인생...

부럽 .. love ..

하하하

허허허

# 내인생에 대해
# 소설을 쓰면서
# 환상 같은 삶을
# 꿈꾸는게 아니라

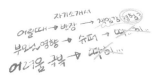

자기소개서

어릴때 → 반장 → 쟁임금상(영향중)

부모님영향 → 슈퍼 → 따닥히

어려움 극복 → 따닥히...

# 지금 내 삶을 마주하는데 당당하고 당연하다 느끼고 싶어

뭘 느끼고 깨달았는지는
잘 기억 안나지만

지금의 나도
충분히
괜찮은 사람이야

# 다시 그런 취업준비나 회사 속으로 돌아가고 싶지 않다.

얼마나 더 자극적인지
대결하는 것 같아..

이게
가능한 말이라면,
돈을 덜 벌더라도
스트레스 덜 받고 싶다.

스트레스 없는데
돈 많이 버는

그런 일은
없을 테니까

결국
나를 책임지는 건
나니까

나는 오늘도 단 한 명,
그냥 나 하나라도
책임질 수 있는 삶을 목표한다.

#031

넌 왜 이렇게
융통성이 없냐

우리는
좋은 일(선행)을 한 사람은
치켜세워 주지만

정말 대단한
사람이야

옳은 일을 하는 것과
옳지 않은 일을 하지않는 것은
당연하게 생각한다.

좋은 일은 누구든지
선뜻 해내기 어렵지만

옳은 일은 누구든지
맘만 먹으면 해낼 수 있으며

옳지 않은 일은 하지 않는게
맞기 때문이다.

사실 일상에서는
셀 수 없이 많은 일을
옳고 그름으로
고민하게 되는데

그러한 노력이 나에게 어떤
사회적인 소속감을
가져오기도 했다.

내가 신호 한 번을 잘 지켜서
사회가 더 안전하겠지

그래서
때론 하루에도 여러번,
옳지 않은 행동을
안하기 위해 고민했다.

이따금
융통성없다는
소리를 들을 정도로

## 그런데
## 직장을 다니던 나는
## 그 옳지않은 행동들에는
## NO라고 말하지 못했다.

나같은 쪼렙이 무슨..

## 남을 향해 상처주는 말을 하고
## 농담이라고 말하는 사람

허허

농담이야~RG?

허헛

허허는 무슨
산타클로스인줄 ㄱ

# 일을 시키고 외근나갔다
# 퇴근시간을 넘기고 찾는 상사

# 자식같다고 말하며
# 남의 자식 신체접촉을
# 아무렇지 않게 하는 사람

# 전체를 선동해
# 한 사람을 왕따시키는 사람

# 다시 회사를 다닌다고 하면
# 말할 수 있을까

내가 조금 더 용기 있고
정의로운 사람이었으면
어땠을까 상상한다.

그때 말했다면
속 시원히
일에 집중했을까?

아니면 왕따 당했을

마치 만화 속 우리를 희망에
가득 차게 만들어주었던
그 캐릭터처럼.

아니, 그런데 사실 내가

# 이렇게까지
# 생각해야할까.

그들이 안 하면 될텐데

#032

단거리
달리기

# 게으른 완벽주의자라는 말을 들었다.

게으른  완벽주의?

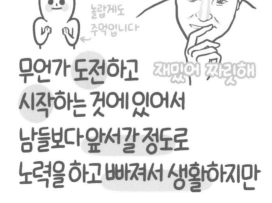

놀랍게도
주먹입니다

무언가 도전하고
시작하는 것에 있어서
남들보다 앞서갈 정도로
노력을 하고 빠져서 생활하지만

재밌어 짜릿해

그만큼 빠르게
한계에 도달하면
쉽게 지쳐 머무르며

너무 지치고
더는 어떻게 해야하는지
모르겠어...

어느 순간
나보다 앞서가는
사람들을 보면서
자괴감에 빠지고

노력했던 그일을
다신 안 돌아볼 정도로
포기도 단호한 사람.

못해,
아니 안해..

그게 나였다.

인생과 직업은
단거리가 아니라
장거리인데

나는 마치 단거리 주자처럼
온힘을 다해
애정을 갖고 뛰다가

# 이내 지쳐서
# 어쩔 줄 몰라 머무르고

머리는
더 열심히 하라고
말 하는데..

몸은
더 이상
못하겠어..

# 나보다 앞서나가는
# 사람들을 바라보며
# 나를 자책했다.

나는 의욕쓰레기야

# 모든 힘든 일들을
## 타인 탓으로 돌릴 배짱도 없어

저 사람이 계속
이렇게 하라고 시켰는데..
고치라는대로 했는데
억울하다..

아니야
결국 이렇게 한건 나고
다 내 잘못이지

# 늘 멍청한 내 탓,
## 한심한 내 잘못으로
### 돌려왔으며

설령 그 일이 내 잘못이더라도
위로는 커녕
나 스스로 자책하며 비난했다.

겨우 이정도밖에 안돼?

으29...

그러다 우울감이 몰려오면

무기력하게 시간을 보냈다.

. . .

나와 사이좋게
지내지 못했다.

#033

그들의
평가와 판단

# 어릴 때부터 평가받고
## 등수 매겨지며 자라왔다.

# 평가받고 자란 사람이
## 나쁜이 아닐테고

그랬다고 다들
이런 생각을 하고
자라는 것은 아니겠지만

나는 언젠가부터
'평가'에 무너졌다.

# 뭔가 잘 해야 하는게 무섭고 부담스러웠다.

이제는 관심도 무서워 물어보지마..

음..

저..

잘해~ 지켜볼게~

이왕이면 1등해야지?!

거...

그러니까..

저번보다 잘하겠지~

# 내가 무언가 한다고하면 '어느정도나 하나보자' 하고 지켜보는 그 기대들이 무섭고

내가 잘 해내지 못할 때
'거봐 그 정도 할 거면서 뭐'라고
쉽게 내뱉는 그 말들.

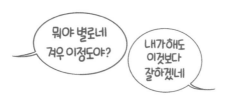

뭐야 별로네
겨우 이 정도야?

내가 해도
이것보다
잘하겠네

이제는
직접 말하지 않아도
느껴지는 그 눈빛이
부담스럽다.

나 자신도
망칠까봐 두려운데

잘하기까지 해야 한다니.

**결국**

# 나는 남이 시키는 일은
# 잘 못해냈다.

### 개인적인 생각으로는 실패율 98%

이거 해봐

아니
이렇게 해보라구

# 두려웠고
### 여전히
# 두렵다.

시작하기 전부터
지시한 사람이 생각한 방향을
내가 해내지 못할 것 같은
두려움이 생겼다.

이게 아니면
어떡하지...

내가다
망치고 있는건
아닐까

저 사람이 원하는 대로
내가 하지못하면, 그러면 나한테 실망하겠지

늘 경쟁을 해야 하는 입시제도 속
예술 능력으로
대학을 가고자 하는 사람들에게
주어지는 그것.

'주제'

주제를 주고
표현을 하라고 할때마다
나는 머릿속이 하얘져
그 자리에 주저앉아 울고 싶었다.

기초 기술만 배우던
1, 2학년 때에는
학원다니는게
인생의 전부가 될만큼
즐겁고 행복했는데

3학년이 되고
주제를 받고 잠시 고민한 뒤
쓱쓱 그림을 그리기 시작하는
친구들을 보면서

나는 왜 그런 능력과
자신감이 없는지 생각하며
자존감을 깎았다.

# 그때의 나는
## 할줄 아는 게 없었고

# 그냥 열심히 외우는
## 기계에 가까웠다.

스케치는 모르겠다
여긴 기계질감, 여긴 보들보들
배경 아무거나 많아보이게 채우고
나무질감은 그때 걔꺼
칭찬받았으니까 비슷하게해보자

# 내가 왜 방금까지 웃으며 함께 아이스크림 사 먹던 친구를 부러워하고

오늘도 나만 지적받았어
나만 대학에
떨어지려나

# 나와 비교하고 질투하고

나는 왜....
나는 재능이 없는것 아닐까.

그로인해 나를 하찮게
생각하게 만드는지 모르겠다.

나는 겨우 이정도구나..

그때부터였다
내가
한심하게 여겨지던 때

누군가 나에게 결과를 기대하고
나는 그 누군가를 실망시킬까봐
두렵고 무서웠던 때.

#034

충분히
잘하고 있어

잘하지 않아도 된다는 말은
아무도 나에게 해주지 않았다.

제일 싫어하는 드라마 유행어
그게 최선이야?

비슷한 의미를 가진 말은
봉사할 때 처음 들었다.

못해도 괜찮아.

다시 하면돼.

걱정하지 마.

사실 그래서 봉사에
더 집착했는지도 모르겠다.

못해도 괜찮으며
너는 충분히 잘 하고 있다는 말에
둘러싸인다는 것은

엄청난 행복이다.

# '잘해'라는 말보다 더 잘하고 싶어지는 말.

너는 충분히 잘하고 있으며,
못해도 괜찮다

# 봉사가 아니어도 할 수 있지 않을까.

말 한마디　　　　생각 한 번

# 충분히 잘 하고 있어!

#035

다른 이의 시선에
작아지지 마

# 평가받는 삶이
## 무서워서 늘 피했는데

안해          못해

# 계속 피하다 보니까
## 내 활동반경이 줄었다.

결국은
마음에 드는 옷 하나
걸치고 나가려고 해도

그 옷 입고 나갈 거야?
진짜 이상한데?
옷 못 입네~

이런 말을 들으면

# 집밖도 나갈 수가 없었다.

뭐 입지...

# 피하고 피하고 피하고

또 피하고

난 어디에 있는 걸까

○○○의
극찬받은 맛집!

○○○평론가에게
별점 5점받은 영화

세계 10위 미녀!

빌○○ 10위 가수!

슬프지만
이 세상에
하나도
평가받지 않고 살 수는 없다.

생각해보면
어떤 평가든
평가는 주관적이기
마련이다.

누구든 평가는 할 수 있겠지만

나는 사람을
평가내리지 말아야지.

물론 당신도
그랬으면 좋겠네요.

사람 봐가며 해요.

인지아닌지
사람 봐가며 해요.
평가는 사람에게 하는게 아니니

#036

일단, 지금 후회하지
않는 일을 하는 걸로

나는 늘 내 선택에 있어
'후회'하지 않으려고
부단히 노력해왔다.

후회하지 않아!

불끈 불끈

무언가
행동한 뒤에 하는 후회를
쓸모없는 감정낭비라 여겼고

# 어떤 상황에서든지
## 내가 할 수 있는
# 최고의 선택을 하며

이 선택이 최선이고
후회없는 선택이 될거야

# 결과에 대해서는 강박적으로
# '후회하지 않아'라고 말했다.

이제와서 후회하면 뭐하겠어

후회안해          난 노력했어

그런 나의 모습을
나는 지금
후회한다.

후회하지 않는다는 말로
그 상황을
회피하려고
한 걸지도 모른다.

후회할 내 모습을 떠올리면서
후회하지 않으려고
나를 채찍질하고
다그쳤지만

사실 결국
후회하는 일들이 많았다.

결국 어떤 일이건
후회하기 마련이다.

후회하면 어떤가.

겁먹지 말자
그리고
후회를 두려워하지 말자.

나중에 후회하더라도
일단 지금
후회하지 않는 일을 해보자.

나중에
후회없는 순간이
어디있겠어

후회할까봐
미리 겁먹지 말자

나중에는
그날의 최선을
선택하겠지.

이제는 좀 나의 행동을
칭찬해주고 싶고

내가 최선을 다했던
그 순간들을 응원해주고 싶다.

나를 좀 더
괜찮은 사람으로 여기며
사랑하고 싶다.

잘하려고 노력한 나.
충분히 최선을 다한 나.

지금 와서 말인데,
좀 멋있었다.

# 책을 마무리하며

저는 최근 심각한 자존감과 자신감 상실이 가져온 우울증과 불안감으로 심리상담을 받기 시작했습니다.

이 책을 작업하며 저의 기억이 미치는 어린 시절부터 최근까지를 되짚어보고, 추억을 하나도 버리지 못해 간직한 학창시절의 다이어리와 친구들과 주고받은 쪽지와 편지들까지 살펴보았습니다. 그러다 조금 놀라운 글을 읽었는데, 몇 년 전 받은 친구의 편지에도 저의 떨어진 자존감을 높여주려 했던 따뜻한 말들이 담겨 있다는 것입니다.

스물여섯이 되어서야 제 안의 불안감을 바로 보고 도움을 요청하며 심리상담실까지 찾아가게 되었는데 사실은 오래전부터 늘 자신을 스스로 다그치고 탓하며 이 사회의 흐름에 따라가지 못하는 나를 지독히 원망하며 지냈다는 것이 그 문장 안에서 보였습니다.

'지금까지 당연한 듯 잘 살다가 왜 이제 와서 그러냐'고 물을 수도 있습니다. '노력해서 안 되는 것이 어디 있으며 너는 노력이 부족한 것'이라, 말할 수도 있습니다.

'왜 이제 와서'가 아니라 '이제서야, 이제라도' 저는 삶의 방향을 찾고 싶습니다. 세상이 서서히 변해가고 있습니다. 저도 변해가고 있는 것이겠죠. 세상에서 그 누구도 나만큼 나를 좋아하기도, 미워하기도, 증오하기도, 응원하기도 어렵다는 것을 깨닫습니다. 말 그대로 혼자 내면으로 북 치고 장구 치고 해가며 어쩌면 외롭게 남은 생을 나와 대화하고 살아야 하는 것일 겁니다.